羅針 全通
Rashin Toru

風詠社

目　次

愛の詩　I

愛の詩　II

愛の詩　Ⅲ

愛の詩　Ⅳ

装幀　2DAY

愛の詩　I

愛の祝福の詩

見ても　いいんだよ
ほがらかな笑い声が聞こえはじめた
あの教室から聞こえている
生徒たちのはしゃぎ声
教室のテレビの音が聞こえている
初めての　えがおと笑い声を
見つめている
見ても　いいんだよ
窓の外から太陽の光と―
青空を―
はじめての喜び
生徒たちの喜びでざわめいている
あの教室
太陽の午後　うれしそうに
テレビを見つめている生徒たち
あの盲学校に
祝福の愛の時がはじまったよ

聞こえてくるよ

小鳥の歌が聞こえるよ
小鳥の歌が聞こえるよ
ふりむいているよ
おかっぱ頭
愛らしや
ゆっくり
ぎこちなく
あるいて
あるいて
ふりむいているよ
小鳥の歌が聞こえるよ
はじめてみたいだよ
誰もみていないところで
笑顔を見せているよ
あの　小鳥さんにね
丘を歩き　たどり着いた

背中が小さくちいさくなっていく・・・
門のおじさんがお出迎え
おはようの笑顔だ

いつも下を向いて過ぎていたその子
今日初めて笑顔で返した

おじさんが驚いて目頭を押さえ
門を握り締めている

この「ろう学校」の登校の朝
愛の祝福の朝がはじまったよ

見つめる愛

その子は　人が痛いのはいやだった
その子は　人が痛いのが見てられなかった
その子は　いつも何とかしなくちゃと
独り言を　いいながら　このリヤカーを押している
その子は　今日も暑い炎天下　靴が壊れて裸足なんだ
熱いけど　もっと大変なみんなのことを考えて
歯と歯の間につよく両唇を切れるよう　ぎゅーっと
押し込んでいる
肩までもあるリヤカーをひとりで
喉が渇いたとも誰にも言わずしっかりとつかみ　下を向き

家族の無事を念じている　こんなに小さいのに
笑うこともなく　ただひたすらに　気を抜かず
家族の無事を念じているんだよ
木陰で休憩をして
石ころを足の親指ではさんでいるとき
石の隙間からビー玉が１コでてきた
かがみ込んでいる
今日はじめて白い歯を見せたよ
きっと昔　お友達と遊んだことを
思い出したんだね
夕暮れの空から
“まってろよ　ぼうや”
としっかりとそのぼくを　見つめているよ

はじまりの時

君の口笛を合図に
羊たちが集まっていく
谷のほうから
その奥の谷のほうから
広い丘へ向かって

光を浴びるために
羊たちが集まっていく
君の口笛を合図に・・・

愛の予章

あの子の涙を無駄にしないで
あの子の涙を覚えていてほしい
あの子は天使みたいにやさしい子
あなたが受けた悲しい出来事
あなたが立ち直り胸をはって
前進できるように
祈りに祈り　日々を過ごしている
君はそんなあの子のことを知った時
あの子が幸せに満ち溢れることを
一筋に願っていた・・・
そんなあなたへの　ごほうび
あなたが　すばらしく　変われる
至福の扉が今　あなたに向かって
開こうとしている
今　あなたとあの子のまわりには

祝福の天使たちが大勢で囲んでいるのです

喜び溢れる平和な社会へ

ただそれだけでいいのです
ただそれだけのことなのです
その身を守り合い生かし合う
人類が救われるための唯一の道しるべ
「私はその身を守り合い生かし合う」
幸い合う人々のあつまり
仲良くお互いの幸せを喜び合う
やさしく思いやりに満ちた
やさしい人々のあつまり
すばらしさが宜なるすばらしい気持ちを呼び合っている
そんな安全　平穏　平和に満たされ
満たされれば満たされるほど深く満たされていく喜びに
無限の愛の喜びに泉のように溢れいづる
幸い合う人々の行進とにぎわい
地球の未来の後継者が全てをおおいつくしていく
晴れ渡っていく人類　喜びに満ちた人類
ただそれだけでいいのです

ただそれだけのことなのです
「私はやさしくなっていく」宣言の人々が集う町
「私はやさしくなっていく」宣言の人々が集う国
「私はやさしくなっていく」宣言の人々が集う世界
その世界がこの地上世界にかさなっていけば
ただそれだけで　たったひとつのこと
ただそれだけで　大いなる宇宙から「許し」が訪れ
ただそれだけで　たったひとつのこと
ただそれだけで　全ての人々の心の奥底からつながってい
る
神がほほえみ
ただそれだけで　ただそれだけのことで
今　地球上で生きている「なまみの人間」私たち
全てがそのままの体のまま救われるのです
たったそれだけのことで
とても現実的な
すばらしい奇跡が起こるのです

誓

あの丘の教会を

ながめ上げた記憶を—
通るたびにとうめいなあいさつを交わしていた
おちつきと勇気を与えてくれた
夏が過ぎ—こがらしの日も
あの丘の教会を
ながめ上げた　記憶が
あたたかく寒さを感じないようにしてくれる
いつしか遠い春の光輝く景色　色の中に
そびえ立つ　あの丘の教会で
最愛の人々とのとわの誓い　愛の誓いを

夕やけの向こう側

散歩しながら　この大きな川に広がる
広場から「どて」を上がって
夕やけを　ながめている—サイクリングロードを自転車で
親子が
楽しそうに笑顔を見せて仲良く通って行く
この夕やけの向こう側には「輝かしい未来」という
「奇跡のあした」がやってくるような—
なんとなく望みがあるような　期待感が生まれてくる

生きている皆が体験できる輝かしい明日を信じてみたく
なった
夕やけに向かって　自然と笑顔がこぼれている
人類の夜明けを待っているこの体が
太陽の喜びを感じとり
今、いきいきとぼくの体は充実している

まなざし

お馬さんが目を細くしてまぶたの下を
ふくらまして喜んでいた—あの牧場
白鳥のような鳥さんも目を細くしてまぶたの下を
ふくらまして喜んでいた—あの岸辺
決して忘れない　きみらの優しいまなざし

愛のほほえみ

どうやってここまで来たの———と言いかけて
思わず涙で抱きしめ合っている

手を握りあって
喜びのあまり　言葉にならず
涙があふれている
天がほほえんだ奇跡の力———
長いろう下の先の　この部屋で
愛がほほえんだ　今　この時を—
どうか　どうか　とわにきざんで下さい
今　確かに　しっかりと立っている—
玄関先に放置されている車いす
そのままに—

発表会

光の国から　降りてくる
ゆめまくらに　おりてくる
涙がほおをつたい　流れるままに—
たくさんたくさん　おりてくる
光の国から　おりてくる
ゆめまくらから　おき上がり
今日の勇気が湧き上がる
みなぎる愛の力たち

心の底からわいてくる
光の国から湧いてきた
愛の勇気が湧いてきた
大きな心　正義の力
愛のことだま　はこぶため

幸せの町

幸運の女神があなたの悩みをほどき—とかし
—むくわれるようにと
ほほえみかけている—
あなたはこのバスにゆられながら　なんとなく　よろこび
を感じている
せんさいな心のアンテナがよろこびをキャッチしている—
バスの外を流れる景色の中に
やがて見つかった愛のかたち
あなたが心から喜ぶことを待ち続けている—
あなたが降りたバス停「愛の国」
町中がほほえんでいる　ほほえみの空気いっぱいの
景色たちに囲まれている———ここは天国一丁目
愛の国行きのあなたの旅がはじまった

愛の友（with ＡＭＩ）

その生徒は　大学の授業で先生からの問い
「2ｘ+3ｘ」を答えられなかった
立たされてうつむいて沈黙の１分間だった
皆が彼のことを「ケイベツ」している様子だった
授業が終わり誰も彼に話しかけることもなく—
１人孤独にうつむいていたところに—
ある友達が彼に話しかけている
彼はその友のおかげで気もちが立ち直っていった
友は売店に誘ったらしく一緒に笑顔を見せて
席を立っていった
その友の机の上にはノートが開きっぱなしだった
そこには
「真実の愛は誰も軽べつしない」と
メモ書きされていた

あたたかい日々のために

もっともっと強く

強く強く思いつづければ—
きっと想いはかたちになる
人の悲しみや不幸はもうたくさん
そんなテレビを見て　家族で夕飯は
もう　ごめんなんだ
いろんな悲しい事柄から開放され助かる—
または思わぬラッキーなこと—
喜びのテレビなら　いつでも見たい
もっともっと強く
強く強く思いつづければ—
きっと想いは　かたちになる
幸せの風が　この町にも
あの町にも　あたたかく　きっと
吹き込んでくれるはず

兵隊さんと

兵隊さんよ
お隣の国との境同士の兵隊さんよ
手をつないで　つながって
兵隊さん

輪になって踊ろうよ
兵隊さん
国境と国境を
兵隊さんたちが
手をつなぎはじめている
皆がかたを組み合い合唱する様子を
描きはじめているよ
お隣同士の国と国が手をつなぎ
そのお国さんが
思い描きはじめた
国境近くで「丸腰」になって
手をとり合い
輪になって踊りはじめた
みるみる仲良しこよし
国境近くに　ほほえみが
溢れているよ
喜びの草木や虫たちの大合唱と
人々の歓喜のコーラスが
人々のつながりを世界中へ向けて
広がっていく
広がっていく
愛に満ち溢れた　新地球人類が
今　ここにめでたく誕生しようとしている

感謝と感動の深い深いやさしいやさしい
心の民たちの念願　地球人類歴史上最高の
喜びの時がはじまったよ！

アミの詩　1（with AMI）

ぼくたちは「大きな出会い」のために
ぼくたちは「宇宙の兄弟」に出会う為に
今を生きている
どれだけたくさんの想いが積もり重なり
地上に舞い降りたことか—
宇宙を愛する想いは地上で争いが起こるたびに—
深く強く心の底まで降りつもる
決して地球を終わらせない—
ぼくたちは愛すべき宇宙兄弟の中の一員なんだ
すべての国々を大きなひとつの国、地球国（ちきゅうこく）の
ひとつの“県”にそれぞれを—育てていこう！
「愛」「統一」そして「平和」
ぼくらはそれができるのだから！

アミの詩　2（with AMI）

広い宇宙を散歩してみたい
生まれたての好奇心
「アミ小さな宇宙人」という本との出会い
地球に生まれてきたからには
人類の問題に背を向けられない
生きているあいだ　いつかきっと
できれば　すぐにでも
地球人類全体がひとつの国へと向かうために
大きな出会いのために
宇宙の兄弟たちとの出会いのために
平和を求める力が一体となる時を！
愛の勝利の日を！

うえるこらのゆくえ

あの子らの心の叫びか
宇宙の心の叫びとなり
愛の助けを待っている

伝えてほしい　伝えてほしい
あの子らのこと
伝えてほしい　つたえてほしい
あの子らの　身の上を
あの子らの心の叫びが
宇宙の心の叫びとなり
愛の助けを待っている
母なる大地に　いだかれているにもかかわらず
母なる大地の涙の甲斐もなく―
星空をながめながら　ねむりにつく子らの涙で
にじみ　うるみ　ゆれている　星々の光たち―
宇宙の願いが子らを大事に見守っている
はやく　はやくと
愛の助けを待っている

躍動

ビルとビルの合い間をぬり
山々へと
暗雲のあとの
壮快なる

晴れ渡る　虹
はじけとぶ　心の暗雲
はじけとぶ　行く先の暗雲
新しい行進曲が
町のあちらこちらから生まれてくる
快適なリズム
心地よい躍動
はじけ飛んでしまったすべての暗雲たち
うれしい白いもこもこの　わた雲のあいだから
お日様が木々の水滴に光をまぶしながら
私の心と共に大きく晴れ渡っていく
今　ここに在る　壮快なる私

愛の詩　Ⅱ

活路

活路は
また新たなる活路は
あなたの為にも
わたしの為にも
みんなの為にも
日々新しく生まれてくるもの
光に向かって喜んでいる新芽のように
大きく手を広げ
迎え入れよう

天の力

あなたが
この世でのあらゆる可能性を
台無しにする出来事を
受ければ　受けるほど
大いなる天があなたの味方をするのです
それは必ず起こります

陽なる地中海

遠く近くに見えている
石畳の階段から
海岸を望むおだやかな
地中海　トロピカルな空気を
おもいっきり吸い込んで
光のシャワーを浴びながらの
くつろぎの一時
裸足にビーチサンダルをもてあそび
麦わらぼうしをかおにかぶって
ひとねむり
遠くかなたへ　白い一本線の心地が
ゆるりゆらゆら　まぶたのうら
遠く近くに見えている　永遠の楽園

ぼくのあったかな冬界

ひとりひとりの手相が異なって在るように
親指の指紋のみぞに

レコードばりをのせて　かなでてみる

もうひとつの親指と　ひとさし指には

食事で使ったオリーブオイルがにじんでいる

親指とひとさし指をこすりながらすべりぐあいを

たのしんでいる—

やがて親ゆびの指紋のみぞと人指しゆびの指紋のみぞに

レコードばりをのせてかなでてみる

コーヒーのゆげを窓外の木もれ日世界へ

重ねながら新しい「詩」の創作に

乗り出していく—この世界をすばらしく変えるために—

無音、無風の永久（とわ）を思わせる冬の日光浴

おやゆびのしもんとひとさしゆびのしもんを　すり合わせながら

そのかすかな音を耳もとへ訪問させて

せんさいさの中のせんさいさに　かすかな喜びをまんきつしながら

また　おやゆびの指紋のみぞに

レコードばりをのせて　かなでてみる

アミの詩　3　君へ（with AMI）

愛の進歩のために
ぼくらは日々を生きている
愛の大切さを知るために
愛の大切さを　深く知るために
すばらしく愛の成長をとげた
君のすがたを
未来の君のすがたを
既に「神の小説」に書かれている
君のすがたを―

京の詩

ひとりひとりの奉仕の心を大事に
ひとりひとりの思いやりの心に
とても良く気づいてあげて
おおきに（ありがとう）と喜びが喜びを産んでいく
京都の町のやさしいことばづかいが―
夕やけのカラスたちの鳴き声にしみている

やさしさを自然と共に―
お寺の鐘の音の余いんがなごりおしむように
今晩のねむりにつく　心のふるさとへの旅の満足感
ゆっくりと流れる「時」のふるさと
この今は
京都への旅路

暴力は収束無害

戦闘の宇宙レベルはナノミクロ次元に向かい
収束し恒星の中に閉じ込めカクリされ　管理され
友愛のパラダイスはよりマクロへ向かう
聖なる光のスパイラル増大
聖なる光の密度増大

大きな愛と小さな愛

お父さんにかたぐるまされた　小さな愛
大きな愛より高くなったと

大喜び
砂浜で広い海に向かって
バンザイをしている
小さな愛が大海原を抱ようし
ニコニコ笑っているよ
大きな愛よ　ありがとうと
入道雲のすき間から　お天とうさんが
ニッコリ顔を出したよ

支配

世界を支配するのなら
世界を支配するのなら
あの人のように
あの人のように
人を幸せにすることに喜び思いやる愛が
世界を支配していきますように―
ひざまずき祈りを捧げます
どげざして祈りを捧げます

宇宙A君

あなたが喜ぶ瞬間前に
その喜びを横取りしようと
岩の上で待ち構えている　くろタカの
頭上とその背後で
あなたが本当に喜ぶしゅんかんから
その中の幸せに導かれるまで見守るための
聖なる光の集いたちがあちらこちらに
それこそ大いなる英知のもと
準備をととのえ「たいき」しているのです

すてきな一歩を

すてきな一歩を
思いやりの一歩を
はずかしさをこくふくした一歩を
手を差し出すことを
「ちゅうちょ」することなく
実直に

素直に
真の心からの喜びで
愛そのものが全身をつつみ込むように
喜び合い抱き合い手をつなぎ合い
あなたが手を差し伸べてくれた
その奇跡が想像もつかなかった
大いなる奇跡を呼び起こしていく—
すてきな一歩を
思いやりの一歩を
勇気ある一歩を

乞うご期待

自分自身や自分の家族を思うように
人と接するようになっていくあなた
以前のあなたからは程遠く善良な
方向へ歩みはじめた　あなたの心
あなたはもう既に「善良」ということばに
何の抵抗もなくそうでありたいと常に謙虚な心の
たたずまい具合
あなたのまわりの人やあなたにとっても　とても喜ばしい

出来事がたてつづけにやってくる直前の心地よいリラックスした
ほくほくの期待感と共に

愛のパラダイス

人を幸せにすると　とびっきりの幸せが返ってきて
幸せがさらなる幸せを呼び
悲しい事が起こった分　幸せなことがたくさん起きて
ひどい事をされた分　その仕かけ人に「ばつ」が下るかわりに
その何倍もの幸せがこちらにやってくる―
すべてのことが幸いに結びついていく
奇跡の愛の祝福の時代
愛の祝い　まつりのパラダイス

明光

明るくありたい

淀みもなにもなく
心地良い旋律で―
あの海でハープをかなでる乙女（おとめ）のように
色並べをしている虹のように

〈タコ上げ〉しているお兄さんの思い出
(with AMI)

高く高く舞い上がった
タコを―――糸を持って
ひっぱって　強く強く引くちから
この阿蘇の米塚から高く高く
小さく小さく見えている
思いよ届け　天までとどけ―
連れてきた　お兄さんの思い
宇宙の兄弟まで届いておくれ
幼い近所の子供を連れてやってきた
この阿蘇の大地　米塚の冬
タコを上げて
幼い子の未来と夢を天につなぐために
お兄さんはこの子の未来に
天の人々との人類の救いの時を重ねて

祈るように—
遠い未来につなげた
遠く小さくみえているタコに
この幼き子に
心から想いをたくして
天に聞き届けてほしくて
この地上の人々に救いが訪れることを
ただひたむきに願い　けんめいに願い
この幼き子に
心から願いをたくして

未来への町（with AMI）

この町は良い町
誰ひとり玄関のカギはかけない
誰ひとりとして不安に思わない
安心しきった信頼感
誰ひとりとして盗んだりはしない
誰ひとりとして良識をこえたことはしない
この町はどこの町
この町は未来の救われた町

この町は良い町
永遠に生き続けることができる
未来の町
農園のような　村のような
未来の町

未だ世界に残されている戦場から

私の本音は
今すぐにでも　武器を捨てて
愛する妻と子供と一緒にいたい
私の本音は
今すぐにでも武器を捨てて
すべての人々と握手し　分かち合いたい
私の本音は
今すぐにでも武器を捨てて
無限の愛に包まれて
許されて無事許されて
つつましく　つつましく　暮らしてゆきたい

願いが叶う　本当に叶う

本音が叶う　本当に叶う

武器は
ただ「武器」と呼ばれるままで
ただそのままで—

やがて　本当の平和が訪れ
「戦場」はすべて過去のものに・・・
「武器」も「戦場」も消え失せていく—
そして時と共に忘れ去られ
ただそのままで—安全が広がっていく—
そこには希望の光と「満々」の充実感を
得た人々の喜びの国が　その営みが
はじまっている—今ここからも
安全地帯と安全地帯とのつながりが
はじまっている

目覚める魂

心の武器をつくってきた
しっとの心と

うらみの心と
ねたみの心と
にくしみの心と
いかりの心と
生まれてくる　ゆうえつかん　れっとうかん
ふくれあがる　ごうまんさ　やじゅうの心
乱ぼうな心もち
そのような心持ちを好む
仲間たちに囲まれて——その
ボロボロに汚れてしまった心に
魂の中心から外側まで
美しくあざやかにきれいにかえてしまう
天からの夜明け
早朝の光のシャワー
コーラスの音色とともに
光のスコール

目覚めていく　目覚めていく
ういういしく美しく　光輝く
この体と魂

望み続けて

この地球の為に
この地上の人々の為に
太陽系を取り囲む
この銀河ごと
まるごとの愛の深さで―

愛の詩　Ⅲ

必ず天使のことばのとおりに—

あなたがここに住んでいるから
あなたがここで呼吸をしているから
私はあなたの為に
私はあなたの喜びの為に
この地球を救うために
まるごと身投げしたも同然の想いで
人類平和の為に私ができることを
はじめているのです—
歯をくいしばりながら
じりじりとよそ見をせずに
着実に進めているのです
心からありがとう—と
涙を滝のように流す日を信じて—

みんなアミーゴ

私はあなたがきらいな人のことも好きなのです
私は皆がきらいな人のことも　好きなのです

いつかいろんな誤解がとけて
全ての人々が　うちとけあい
仲良く手をつなぐと信じているから—
地球人全員の胸の中心から
輝かしい歓喜のサンサンと輝きを放つ
太陽がのぼり輪になって輝くと信じているから
私は人々のことを　わけへだてなく　好きなんだ
きみが人の喜びを見たとき　きみ自身も
うれしくなっていた時のことを—
そういった　やさしさを君に見つけた時から—
すべての人々のシルエットを愛するようになった
その日から—

喜びの時：Jesusの十字架

十字架の中から
鐘の音が　生まれていくよ
十字架の守りのきずな
人は手に手に握りしめて
町の中を
人々の家々を

むねに輝いている　十字架のネックレス
十字架の中から
鐘の音が生まれていくよ
十字架の守りのきずな
Jesus の守りの証

やがて　時が満ち
その　はじまりの時
教会の鐘の合図で
すべての人の十字架の中から
鐘の音が一斉に鳴りはじめる—
その時を待って——
今日もひたむきに歩きはじめる
その喜びの時を

歓喜に満ちた黄金の輝きの世界を
思い描きながら——

気分転換

わだかまりの念を

受けてしまったと感じた時
何か気になってしかたない時
何か心持ちがすっきりしない時
塩をまく人もいれば
掃除する人もいれば
なにもしないで時にまかせる人も多い
「光のエネルギーネットワーキング」
この詩にまかせる人も
人それぞれ
「気分転換」
水、音、光
そして新鮮な空気

あかりのきざし

必ずきこえてくるよ
おさえこまれた分
何倍も良い声に満ちあふれ―
必ずみえてくるよ
おさえこまれた分
何倍も目立つように―

かならず　かならず　叶えられている
おさえ込まれていた分
ものすごい力で堂々と咲き誇る
夏のひまわり畑の壮大さのように

愛は待っている

人々が優しくなるのを（より優しく）
あなたがやさしくなるのを（より優しく）
宇宙は待っている
特におこりんぼうさんのあなたが
寛大に優しくなることを―
愛の使い　宇宙の兄弟たちは
おこりんぼうさんによりそい
思い出してほしいと―
もともとはやさしかった　あなたのことを―
本当の自分との出会いを―
宇宙はいつも見つめている
あなたのやさしさにかかっているんだと―
あなたのことを
いつまでも
いつまでも

世界がかわるまで
いつまでも
いつまでも

しあわせの旅

たくさんの良いことが
あなたにあるように
たくさんの良いことが
あなたのまわりにあるように
水たまりは
うまくかわしていけるように―
雨の時の為に
かさやレインコートは
前もってちゃんと用意ができるように
しあわせ行きの電車で
安心なレールの上
しあわせの線路は
かろやかに進んでゆけるように
ゆめの白いわた雲と
晴れ渡る心と景色のまま

どんどん喜びがふくらんで　幸せそのもの
今　どこまでもはれわたるしあわせの旅路がやってきた
とうとう招待された証としるし
笑顔と共に私たち

やさしい女の子の詩

ある日
田んぼにかかし
ある日
田んぼにかかしが
あった
ほんとうは
すずめさん
おしゃべりをしているんだ
君にも　わかるよ
今朝は小学校の野外授業
その女の子が来たんだ
野外授業が終わるころ
女の子は自分が被っていた
麦わら帽子を

そっと地面に置いていた
先生がみんなの前で
この帽子を忘れた人はだあれ
と言った

女の子はねえ
黙っていたんだ
すると先生は
近くにあったかかしさんに
その帽子をかぶせたのさ
ある日
田んぼにかかし
ある日
田んぼにかかしが
あった
ほんとうは
すずめさん
おしゃべりをしているんだ
君にもわかるよ

愛の泉

ぜんぶもひとつ
と
考える
ひとつもぜんぶ
と
考える
泉が涌いている
ぜんぶもひとつ
と
考える
ひとつもぜんぶ
と
考える
いたるところで
湧いてくる
愛の泉が
湧いてくる

アミの詩　4（with AMI）

その愛は執着といわれるものだった
とてもせまいはんいへの愛であった
地球上のそれぞれの立場での—
その執着と呼ばれる愛がぶつかり合い
人類存続の「きき」をもたらしている
私たち地球人は天に試されているのです
その執着へのカベをやぶり手をつなぐ
友愛の心を
ほんとうの愛に包まれた真心を
未来へ生きのびる私たち人類を—
制限された愛のうつわから
無限の制限のないほんとうの愛へ向かって—

地球国というひとつの国がこの地上で
新しい法を愛に基づいた法を実行しはじめる時
全ての人々が輝きの人であったことを—
地上の全ての人々が光の子であったことが
あきらかになり導かれていく—
喜びの泉をわかちあう為に
無限の愛に目覚めている宇宙の兄弟たちからの

お母さんの詩

ぼくの小学校で先生が言った
あしたみんな一人一枚ずつ雑巾を持ってくるようにね
ぼくは家に帰ってお母さんに言った
あした雑巾を学校に持っていくから
お母さんはしばらく黙って下を向いていた
どうしたの　とぼくが言うと
すぐににこっと笑って　明日持っていくのね　と言った
うん　ぼくもう寝るね　おやすみ
次の朝　学校でかばんを開けると
きれいに縁が縫ってある雑巾があった
となり席のお友達が　つやつやで　きれいな雑巾だね
とぼくに言った　そして先生がみんなの雑巾を集めた

ぼくは家に帰り　真っ先に台所の冷蔵庫へ向かい
口の開いた
牛乳パックに直接口をつけて　カラカラの喉を潤した
あーおいしかった

空っぽの牛乳パックを　ゴミ袋に捨てる時だった
おやっと思った
何かの布が四角くくり抜かれているのが目にはいった
手に取ったぼくは　涙があふれてきて　とまらなくなった
それはお母さんの下着だった
くり抜かれたお母さんの下着は　まだきれいだった
ぼくは歯をくいしばりながら心の中で　お母さん　ありがとう
と叫んだ

お母さんの詩　2

ぼくのお母さん
働きもので
なんでも　ぼくの
好きなものを　買ってくれた
ほしいものも
ぼくのお母さん
やさしかった―
いつもぼくの味方だった
ぼくのお母さん

はずかしがりやさん
いつも下着は隠して干すんだ
ぼくのお母さん
ぼくが大きくなって
家族でごはんの時に
食べたかったのに
はしを出さなかったこと
覚えていたよ　覚えていたよ
必ず必ず覚えていてくれる
君がそっとごはんの時に
食べたいものを　お母さんに食べさせたこと
必ず必ず　覚えてくれている君が　いつも
お母さんのために誰にもわからないようにやっていた事も
ぼくのお母さんの秘密はね
その隠して干していた下着だったんだ
ボロボロだったんだよ
はずかしいからじゃなかったんだ
お母さんはボロボロの下着を干していた
でもぼくはほしいものを
なんでも買ってもらっていた
服も　いつもピカピカだったよ
ぼくのお母さんはね—
いつも下着を隠して干すんだ

風の声が鳴っていた
あなたの家のお母さんの下着は
陰にこっそりと干されていませんか？
きっといいお母さんですよ
わがままな　ぼくへ

夕やけ慕情

あの子がうれしそうにスキップしていたよ
夕ぐれ小道
いつも　通せんぼしていた男の子が
やさしいところを見せてくれた
皆並んで小道を通ってゆく
近道を通れて
いつもより早くお母さんのところへ
あの子がうれしそうにスキップしていたよ
遠く夕ぐれ小道の丘の彼方へ
夕やけ色をにじませるように知らせるようにひびいている
あの子がうれしそうにスキップしていたよ

追悼の詩　震災追悼の詩

銀杏並木の色よ
とてもやさしく
黄金に訪れよ

銀杏並木の色よ
とてもつつむように
すべて　黄金に訪れよ

津波で目を瞑った
すべての　人へ
すべての　心へ
届けよ　届け
ぎんなん並木の風景

ぎんなん並木の色よ
つつみながら
黄金に訪れよ

さざなみのように　かがやき
ひそやかに　ひそやかに

届けよ　届け

ぎんなん並木の色が
黄金に見えている
さざなみのように　かがやき
たそがれて
光の国へ
明かりの門の中へ

津波で目を開けた
すべての人に
輝いている
きらめいている
ほほえみの風があたたかく
この上なく輝かしい黄金の世界

追悼の詩　お父さんの詩

「ずいぶん大きくなぅたなぁ」が
口ぐせだった・・・
数年おきに会うたびに

子供の成長を楽しみにしているようだった
震災があってから数年が過ち
お父さん　もうこんなに大きくなったよと
海の水平線へ向かって想いを投げかけてみる
すると　かすかに頭をなでられたように
あたたかい風が頭にあたった
あの口ぐせと
父の笑顔と
頭をなでてくれた父の手の感触がよみがえる
「お父さんもうこんなに大きくなったよ」
「ずいぶん大きくなったなぁ」
父の声が海の深いところからやさしくきこえてくる—

来光

あなたの使命が
動き出す日
あなたの天命が
動き出す時を
あなたの大きな家族が
待っている

地球の人類が
待っている

アミの本

どうか勇気を下さい
あなたの勇気で暴力のない世界を
暴力は本来あってはならないもの
暴力がある世界はまだ低い野蛮な世界
あなたの勇気で「愛の詩」たちを広めて下さい
そして「闇の暴君」のぎせい者たち
暴力の人たちに教え導き
「愛」で人とつながる以外人類に
未来はないことを—何かの方法で
おしえてあげて下さい

「愛なき世界に未来はない」ということを—
どうぞお調べ下さい—
「第三水準の世界」から「第四水準の世界」へ
「水がめ座の時代」とは
大宇宙の愛　神からの計画のこと—

地球人類救済の計画「宇宙進化計画」について
全ての宗教・大元がわかる　バイブル伝達の書
「アミ小さな宇宙人」
「もどってきたアミ」
「アミ三度めの約束」
どうぞ　じっくりとお読み下さい
必ずきっと・・・あなたは理解され
あなたを導くことでしょう

アミの詩　武器を減らしていけば―

武器のために使うお金を
15日間止めるだけで
世界中の人々全員が
（何年も暮らしていける・・・）
何年もご飯を食べることができ
武器　兵器にまったくお金を使わなければ
飢える人がゼロ人になり
地球人　70億人　80億人　全員に
大金持ちの王様のような生活が
訪れるんだよ―！

地球には裕福な人を
800億人養うキャパシティがあるんだよ

アミの詩　世界政府

暴力の源をなくして
分かち合うことを　話し合う
すべての武器をなくして
共存することを　話し合う
セキュリティに関することも―
すべてよく理解し合い
ゆずり合い与え合い
話し合う機会を―
世界を大きなひとつの国にするための
すべての国を県とした　世界政府のための話し合いを
すべての武器を放棄した
愛に基づいた体制を
利害関係のより良い調整を
産業転換を
古い社会システムを見直して
斬新的革新的な人道的なより良い

アイディアの採用と定着を
ほんとうの知性があるところに苦悩はないのだから
愛は最高位の論理であるのだから

愛の詩　Ⅳ

アミの詩　第四水準へ

われわれ地球人類は統一されて
おおきなひとつの家族にならなければ—
この大宇宙　それぞれの世界の人類が
乗り越えなくてはならない試練
日々科学の水準が上がっていく中
のりこえられなければ
はめつしかないことを
知っているのか—　知らないのか—
第三水準の世界から　第四水準の世界へ
私たちは必ずできるのだから—
本当の愛をもって生きることが
どれだけ大事なことか—
心の底からわかっているのだから—

世界の春の詩

スペインの春を待ち続けている少年
レイナ通りでひとつになる

大きな世界
きれいな湧き水
スペインの春を　待ち続けている少年
レイナ通りで　ひとつになる
おおきな大河となれよと
響き
小さなほほえみ　すべての湧き水
大きな大河　満面の笑顔
すべてを笑顔に・・・
志高く
満面の笑顔に
志大きく

すべての春を待ち続けている少年
レイナ通りで　ひとつになる
世界の春よ　必ずだよと
どこまでも　深く　こころに刻む
スペインの春を待ち続けている少年
レイナ通りで　ひとつになる
ひたむきなすべてを　どうか見て下さい
スペインの春を　待ち続けている少年
レイナ通りで　ひとつになる
ひたむきなすべてを　どうか

どうか　見てください

救いのセレモニー（with ＡＭＩ）

友愛と平和に向けた世界中の集い
セレモニー
すべての武器は炎で溶けていく—
すべての兵器は炎で溶けていく—
破壊と暴力に永久にさようなら
かたを組み　手を取り合って
感動にうちふるえながら合唱している
その金属は農業機械や医療ロボットなどへ
新しく生まれかわっていく
多くの人々は熱いなみだを流していた
聖書のことば
・・・そして彼らはその剣を鋤の刃に
その槍（やり）をかまに打ち直し　人々は人々に
むかって剣を上げず二度と戦いのことを習わない
（イザヤ書　２章４節）
のように　まさにそのとおりに

救い給え　すべての国の子らを・・・

ゴミを拾っている
子らよ
君らに　大いなる
祝福の日を・・・
祈りの中に祈りを
捧げるように
親身になって
親身の中に心を
幾重にも　詰め込んで
祈ります
君らに　大いなる
祝福の日を・・・
君らの暮らしにあかりを

栄光の詩

皿を持って
歩いている

入れてもらう
為に
皿を持って
歩いているよ
君よ
君に栄光あれ
決して
人を傷つけない
君よ
君に　栄光あれ

今日も彼は
皿を持って
教会の入り口に
立って　いた

決して
人を傷つけない
君よ
君に栄光あれ

そして
いつしか

訪れた

彼の皿の中に
生まれたての
愛の光に
満ち溢れた
愛の地球のすがた
そのものが
誰の目にも
見えていた

君よ
君に栄光あれ
決して人を傷つけなかった
君よ
君に
君こそに
木々のせせらぎも歌っているよ
君よ
君に
君こそに
いつまでも流してあげるよ
君よ

君に
君こそに

平和を呼ぶ詩

すべての武器はゼロだった
こころの武器までゼロだった
ましてやことばの武器なども

のどかなくうき流れてた
すべての武器はゼロだった
こころの武器までゼロだった
ましてやことばの武器なども

稲穂が満月照らされて
母さん　機織り聞こえてた
すべての武器はゼロだった
こころの武器までゼロだった
ましてやことばの武器なども

遠く見えるは

輝ける
ひかる　ひかる町だった
決して鋭利なひかりでない
すべての武器はゼロだった
こころの武器までゼロだった
ましてやことばの武器なども

のどかに流れる子守唄
すべての武器はゼロだった
こころの武器までゼロだった
ましてやことばの武器なども

すべての武器はゼロだった
こころの武器までゼロだった
ましてやことばの武器なども

こころのアミーゴ　ジョンの詩

こころの中の
ベルリンの壁
無くしておくれ

それが消えれば
西も東も
こころの中の
ベルリンの壁
無くしておくれ
北も南も
みんなが見た
壁がはずされる瞬間
その愛こそが—
こころのベルリンの壁を
そのしきいを
取り除く勇気
その勇気は
この勇気こそが
愛なんだと聞こえている

聞こえてくる　イマジンに乗せながら
多くの喜びの泉よ
生まれて　おくれ
はじまれよ
と
こころの中の
ベルリンの壁

無くしておくれ
それが消えれば
西も東も
こころの中の
ベルリンの壁
無くしておくれ
北も南も
みんな同じ笑顔だったんだと
同じワインのかおりがこの大陸を
お祝いがはじまるよ
もとはおなじさ　アミーゴ
明るみにではじめた
ほほえみ　合っているよ

聞こえてくる　イマジン
ヨーロッパから聞こえてくる

海を越えて　この地にも

こころの中の
ベルリンの壁
無くしておくれ
それが消えれば

それさえ消えれば・・・
ジョンがピアノを弾いている
微笑みかけているよ
ぼくのこと　思い出しておくれと
聞こえてくるイマジン
ヨーロッパから聞こえてくる
海を越えて　この地にも

こころの中の
ベルリンの壁
無くしておくれ

同じワインのかおりがこの大陸を—
お祝いが　はじまるよ

もとは　おんなじさ　アミーゴ

困ってしまった時
あの町の人々が助け合っていたように
この大陸が町になっていく

お日様がすべてを照らしはじめたよ

インド慕情

あの子が
うれしそうに
スキップをしていたよ
いちごのドロップを
お口にくわえて・・・
こおどりしているよ
いつもひとりじめで
ドロップをほおばっていた子が
やさしいところを見せてくれた
おともだち集めて
みんなの
お口に
ドロップを入れてあげていた

この村の長老も
静かにほほえみをみせている
ささやかなことから
分かち合う
はじまりの合図
遠くに見える

インド遺跡の風景に
温かく　にじむ
この夕ぐれ—
あの子がうれしそうに
スキップをしていたよ
どこまでも遠くの景色に
いつまでもいつまでも　永久(とわ)に
聞かせるように
あの子が
うれしそうに
スキップをしていたよ

耐えた闇

暗闇の沼
暗闇のどぶから
湧きはじめた
はじめてだよ
この暗闇に
初めて湧きはじめた
だれも信じていない

しかし　目に見えている
この暗闇の沼　この暗闇のどぶに
湧きはじめている
まだ　誰も信じられない
また一箇所　またひとつ
湧きはじめている

どぶの泥が虹色にひかり
砂金をまぶしはじめている
沼の泥が幾重にも虹色にひかり
砂金と泉をまぶしはじめている
少しずつやさしい人たちが認めはじめている
そしてこころに希望のひかりが差したように
しかしこらえつつ　しかし確実にたくわえながら
静かにこころに愛が満ちるのを感じているよ
それぞれが　目でありがとうの合図ができるように
なりはじめているんだ
その少年も来ていたよ
その少年は勇気があった
誰よりも先に
ごく自然に・・・
なんのちゅうちょもなく・・・
その湧きはじめたひとつに手を伸ばし・・・

救った
そして飲んだよ
そしてその少年はひかりをあかりを
知った　舞い上がる少年
少年は舞い上がりながら　次々と　どぶ川を
小川のせせらぎに変えながら・・・ひかりを
まぶしながら・・・
もう止まらなくなった
見ていたまわりの人たちも・・・
飲みはじめたよ
すさまじいはやさで変わっていく風景
すさまじい勢いで美しくなっていく
誰ひとりとして　ひねくれようもない
ただ苦しみは解けて　そのまま　解放されていく
そのままの存在で・・。
誰も想像しなかったことが
たった一滴のしずくが・・・
この沼の世界を
底から
ほんとうに底から変えてくれた
この住民のすべてのこころの底から・・・
変えてくれた
皆がそれぞれに　ことばにもならない体

全身からの感謝が・・・
決してことばに表すことなどできない感動の
感謝の時間がはじまった
この沼にカスピ海のようなひかりの貫通が
まるで地球のオーロラの儀式のようにはじまったよ

親しみ

その手に持った
あぶない物は
いますぐ手放しましょう
そんなものに
ふりまわされるような
望みではなかったはず
あなたが求めていたものを
得るためには
あなたの心が
すべての人と握手する
だけで良いのです

ハッピーエンド　愛と平和

今　こころに在る
今　ここに存在している
全ての人々の人生をハッピーエンドにしたい
大いなる夢を描いている
宇宙を幾重にも包む栄光を―
全ての人々の人生をハッピーエンドにできるから
地球を囲んで守り待ち構えている宇宙の兄弟たち
善良ですばらしいもの
善良ですばらしいシステムの中で
愛による統治（大きくひとつの世界政府）
皆が安心できる世界の中へ
宇宙の兄弟たちへの仲間入り
セレモニーを起こしてほしい
地球人全ての人をその人生をハッピーエンドにできるから

アミーゴGO　！

悲しいお友達関係など「みじん」もない

悲しいお友達関係など「ひとかけら」もない
そこにはすばらしい光の友光(ゆうこう)があるから・・・
悲しいことなどとは　まったくあいいれない
さわやかな境地の人たちが
集う喜びのサークルで
ほほえみの太陽の会話を毎日
楽しもうよ！
ここはみんなアミーゴの世界

喜びの詩　広がる豊かさ

このキャンプにも
心あたたまる—喜びが満ちはじめている
あのキャンプにも
愛の力が世界を変えはじめている
子供たちの笑う声とともに
食糧が豊かにいきわたっていく—
子供たちの笑う声に大人たちもつられて—
夕日をいっぱいに浴びながら
胸いっぱいに希望と喜びを抱きながら
喜びの踊りと喜びの会話で夕食がはじまった

このキャンプにも　あのキャンプにも
どこのキャンプにも
にこやかな　ほほえみたちが満ちはじめている

祝福の地

誰かが幸運に恵まれ
そのかわりに誰かがそうでなくなるというような
悲しい考えや「ジレンマ」を愛が見つめはじめた
じっと強くずーっと愛が見つめ聖なる光のエネルギーネットワーキング
うすくほどき　溶かし　消しさりながら愛がまた見つめ
まるで春のつくしんぼの野原のにぎわいのように
あるひとつが幸運に巡り会えばその横の人も
あちらの人も　こちらの人も　幸運が連鎖して
どんどんあたりが
幸福と喜びで満ち溢れはじめている
大いなる花盛りとなるように
その地が愛の地となるように
無限の愛の力がこの地上のあるところ　またあるところに
奇跡の喜びを与えはじめているよ

やがて世界中が祝福の地となるように―

幸い合う

幸い合う世界　これが私である
幸い合う人類　これが私たちである
この今
ラジオニュースがすばらしい
愛に満ちあふれた建設的なことを語りはじめている
テレビニュースやテレビ番組も　すばらしい愛に満ちあふれた
建設的なことを語りはじめている
今まで　テレビ、ラジオがきらいだった人も見たり聞いたりするのが
好きになり楽しみになってくる―
新聞、雑誌、本なども
すばらしい愛に満ちあふれた建設的なことを語りはじめている
音楽も528ヘルツのすばらしい愛に満ちあふれた
感動の建設的なことを流しはじめている
すばらしく　心地よく　楽しく　感動的に世界が良くなっ

ていくー
良いニュースが　良いニュースを呼び
幸い合うメディアの世界が　愛のこだまを演奏しはじめている
そしてそれはどんどん広まり世界中を全て包んでいく

愛の行進　愛の増幅　これらはすでに
もう止まらなくなった
なぜなら
第四水準の世界　これが私であり
親交世界文明世界　これが私であるから
なぜなら
第四水準の世界　これが私たちであり
親交世界　文明世界　これが私たちであるから

奇跡を呼ぶ詩　1

光の賛美歌がきこえている
この盲学校にも　明けの時が訪れる
生徒ひとりひとりに及んでいく
奇跡の光のシャワー

洗われてまなこが開いてゆく
その子は自分の手のひらを見つめ
あざやかな　はだ色に　感動している
生徒同士　はじめてみる「えがお」を喜び合っている
教室中が光のシャワー
金色の世界
教会の鐘の音
光の賛美歌が聞こえている

奇跡を呼ぶ詩　2

光の賛美歌が
光十字の金色をいざない
生徒ひとりひとりに及んでゆく
このろう学校にも明けの時が訪れる
光十字が見えている
奇跡の光のシャワー
洗われて　ざわめきに気づきはじめている
その子は小鳥の鳴き声に感動している
生徒同士　笑顔から生まれる笑い声を聞き
はしゃぎはじめている

教室中が光のシャワー　金色の世界
教会の鐘の音
光十字が見えている

奇跡を呼ぶ詩　3

歩けなかったことが
うそのように
つえが必要だったことが
うそのように
背中がしゃきっと伸びてゆく
くもっていた心模様がうそのように
晴れわたっていく
首を上げ　空に向かって感謝の
なみだで手を合わせている
教会の鐘の音
光の賛美歌が聞こえている

全ての信教をこえて

あの人のイスラム教も
あの人のユダヤ教も
そしてあの人のキリスト教も
ほか全ての宗教も
ひとりひとりの心の奥底と
つながっている大元は
同じ神その神は愛であり
愛は神であるから―
全て仲良く手を取り合い
助け合い協力し合い
パンをちぎり渡し　満たし合い
涙をふくそでを与え合う

皆が“宇宙の兄弟”たちと同じ
平和な暮らし安全な暮らしを
何よりも一番に求めている―
さぁ今こそ　この水を分かち合おう
全ての田園へ恵みの水が　ほどよく
いき渡るように
全ての水門を開けて

友愛のしるしである
交流をはじめよう—
全ての「手」は　ただ手と手を
取り合うためだけのために—
全ての人が愛のための
大いなる光の子なのだから

あなたの愛が世界を救う（with ＡＭＩ）

あなたからの息吹を
あなたからの愛の息吹を
あの頃　確かに感じていたから
ここまで　この今まで　運んできたのです
あなたが自然や景色に捧げた愛を
人々へ向けた愛を
愛は覚えていて
この今に　咲かせてほしいと・・・
いまさら　ではなく　今こそ
今こそ　その時だから—
ばらばらの人たちが
歩調を合わせ　はじめるように

地球を救いたいと願う　あなたを含めた
全ての同士たちがつながり合う
何万人　何千万人　何億人の救世主たちが集まった
「世界の救世主」の力が
民族のカベをこえ
言語のカベをこえ
宗教のカベをこえ
せまい愛への執着のカベをこえ
愛の泉を満たしていく―
今　あなたの愛の一滴の涙を待っている―
水がめから無限の愛があふれだすための
あなたの最後の一滴を―
何兆を超える宇宙の愛の魂たちが
あなたの愛を信じ
静かに祈るように見つめ――待っている
この地上を救うための
全ての人々の苦労がむくわれるための
全ての人々の涙がむくわれるための
全ての刻んだ歴史がむくわれるための
最後の一滴の涙を
あなたの深い愛を
やさしいそのままのあなたを

羅針 全通（らしん とおる）

2007年11月、生まれてはじめての「詩」を創作しました。
まるで、操られているようでした。「お父さんの詩」、それは、ジーザスからの贈りものであったと自覚しました。
ＭＳＮブログ「2021の希望」アイディア、注意喚起等、エッセイ、コラム投稿中の出来事です。「お父さんの詩」のあまりの感慨深さに、それ以降のブログ投稿を行うことができなくなってしまいました。
この詩集は「奇跡を呼ぶ詩集」として日本国内で初めての詩集出版となります。この書籍は、イエス様や天使たちの息吹がかかったものです。あなたの身の回りにすばらしい出来事を呼び起こせますようお祈り申し上げます。
筆名は、2017年7月より裸心全通から羅針全通へ改名しました。発音は同じ。（大きな事件に巻き込まれたことが発端でした）。本名、下田尉二（しもだじょうじ）、副筆名、下田全通（しもだとおる）。
「アミ 小さな宇宙人」全３巻をより多くの人々に知ってもらうことで、「地球人類が救われる」というのは、どういうことなのか明白になり、多くの人々がそのことを受け入れてくださることを期待しています。イエス様からの奇跡が起こり、この「地球人類」は、無事、「大いなる出会い」を果たし、宇宙の兄弟たちの組織のなかに受け入れられることになるよう祈っています。

奇跡を呼ぶ詩集　愛の詩

2017年11月11日　第1刷発行

著　者　羅針全通
発行人　大杉　剛
発行所　株式会社 風詠社
〒553-0001　大阪市福島区海老江5-2-7
ニュー野田阪神ビル4階
TEL 06（6136）8657　http://fueisha.com/
発売元　株式会社 星雲社
〒112-0005 東京都文京区水道1-3-30
TEL 03（3868）3275
印刷・製本　シナノ印刷株式会社

ISBN978-4-434-23816-1 C0092